Sir Arthur Conan Doyle
SHERLOCK HOLMES

ILUSTRADO

Dados Internacionais de Catalogação na Publicação (CIP) de acordo com ISBD

D754t	Doyle, Arthur Conan
	  Os três estudantes / Arthur Conan Doyle; traduzido por Monique D'Orazio; adaptado por Stephanie Baudet. - Jandira, SP : Ciranda Cultural, 2023.
	  120 p. ; il; 13,20cm x 20,00cm. - (Coleção Ilustrada Sherlock Holmes).
	
	  Título original: The three students
	  ISBN: 978-85-380-9637-5
	
	  1. Literatura inglesa. 2. Aventura. 3. Detetive. 4. Mistério. 5. Suspense. I. D'Orazio, Monique. II. Baudet, Stephanie. III. Título. IV. Série.

2023-1631	CDD 823.91 CDU 821.111-3

Elaborado por Lucio Feitosa - CRB-8/8803

Índice para catálogo sistemático:
1. Literatura inglesa 823.91
2. Literatura inglesa 821.111-3

Copyright: © Sweet Cherry Publishing [2019]
Adaptado por Stephanie Baudet
Licenciadora: Sweet Cherry Publishing United Kingdom [2021]

Título original: *The three students*
Baseado na obra original de Sir Arthur Conan Doyle
Capa: Arianna Bellucci e Rhiannon Izard
Ilustrações: Arianna Bellucci e Rhiannon Izard

© 2023 desta edição:
Ciranda Cultural Editora e Distribuidora Ltda.
Tradução: Monique D'Orazio
Preparação: Paloma Blanca Alves Barbieri
Diagramação: Linea Editora
Revisão: Karine Ribeiro

1ª Edição em 2023
www.cirandacultural.com.br
Todos os direitos reservados. Nenhuma parte desta publicação pode ser reproduzida, arquivada em sistema de busca ou transmitida por qualquer meio, seja ele eletrônico, fotocópia, gravação ou outros, sem prévia autorização do detentor dos direitos, e não pode circular encadernada ou encapada de maneira distinta daquela em que foi publicada, ou sem que as mesmas condições sejam impostas aos compradores subsequentes.

SHERLOCK HOLMES ILUSTRADO

Os Três Estudantes

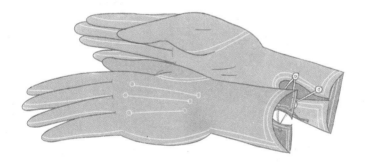

Ciranda Cultural

Capítulo um

Foi em 1895 que Sherlock Holmes e eu fomos para uma das grandes cidades universitárias da Inglaterra. Já estávamos lá havia várias semanas, onde Holmes passou pesquisando os primeiros costumes ingleses. Meu amigo sempre mencionou que só valorizava o conhecimento que teria utilidade em suas deduções. No entanto, pelo que eu soubesse, ele não estava envolvido em nenhum caso naquele momento, assim, o motivo exato da sua pesquisa não estava claro para mim.

Durante nosso tempo fora de Londres, ele descobriu algumas informações muito interessantes sobre proprietários de terras anglo-saxões. Na verdade, ao longo dos anos, Holmes vinha coletando alguns fatos notáveis sobre todos os tipos de assuntos que, creio eu, um dia poderiam ser tema de um ou dois

Os três estudantes

livros. Só que eles teriam um caráter mais histórico do que detetivesco.

Não darei nenhuma pista sobre a identidade da cidade, pois seria injusto com as pessoas envolvidas no incidente ocorrido durante nossa estadia. Holmes é conhecido pela sua discrição, razão pela qual tantos clientes o procuram. Como concordei em manter os detalhes do caso vagos, Holmes ficou feliz que a história fosse publicada. Principalmente porque, como ele disse, seria informativa e havia poucas oportunidades de romantizá-la.

Sir Arthur Conan Doyle

Ficamos hospedados próximo de uma biblioteca onde Holmes fazia suas pesquisas. Embora a área fosse agradável, meu amigo não gostava de ficar longe de sua casa em Londres. Estávamos perto do rio, onde era possível fazer passeios agradáveis ao longo das margens, mas Holmes nunca caminhava sem motivo quando estava investigando um caso. Ele era obstinado em sua busca pela solução, e qualquer viagem, fosse a pé ou por outro meio de transporte, sempre tinha um propósito e um destino.

Os três estudantes

Certa noite, recebemos a visita de um conhecido nosso, o senhor Hilton Soames, tutor e professor do Colégio St. Luke's. Eu o conheci quando estava na escola primária. Ele era um antigo colega do meu mestre de latim, o senhor Martin, que o havia convidado para dar uma palestra aos alunos da escola. Por acaso, ele e meu pai se conheceram

Sir Arthur Conan Doyle

e se tornaram bons amigos, então pude conhecê-lo bem. O senhor Soames inclusive nos ajudou vários anos antes, quando lhe pedi auxílio com um caso que envolvia um antigo manuscrito grego. Foi assim que ele conheceu Holmes, embora eu não me lembre de ambos terem se tornado amigos íntimos.

O senhor Soames era um homem alto, bastante magro, de temperamento nervoso e facilmente abalável. Ele era bastante inquieto, mas, nessa ocasião em particular, estava em tal estado de agitação que

Os três estudantes

ficou claro que algo muito incomum havia acontecido.

Mal tivemos tempo de cumprimentá-lo antes que suas palavras viessem numa torrente.

– Senhor Holmes, poderia me dispensar algumas horas do seu valioso tempo? Tivemos um incidente muito doloroso em St. Luke's e, realmente, se não fosse pelo feliz acaso de o senhor estar na cidade, eu não saberia o que fazer.

Ele ficou retorcendo as mãos e olhando para Holmes intensamente. Holmes, por sua vez, o olhou com

Sir Arthur Conan Doyle

calma, com aquela expressão branda e sem emoção que eu conhecia tão bem. Meu amigo tinha pouca paciência com nervosismo e agitação, pois considerava isso uma perda de energia.

– Estou muito ocupado agora e não quero distrações – Holmes respondeu com sua maneira direta usual.

– Sugiro que o senhor chame a polícia.

Os três estudantes

O rosto de Soames esmoreceu.

– Não, não, meu caro senhor, isso seria impossível. Quando as autoridades são envolvidas, não se pode afastá-las. Este é dos casos em que, pelo bom nome da universidade, torna-se fundamental evitar o escândalo. Sua discrição é tão conhecida quanto suas habilidades, e o senhor é o único homem no mundo que pode me ajudar. Eu imploro, senhor Holmes, ajude-nos como puder.

capítulo dois

O temperamento do meu amigo não estava nada bom desde que ele havia sido privado do ambiente agradável e familiar de Baker Street. Sem seu livro de recortes, seus produtos químicos e sua desordem caseira, ele se sentia desconfortável.

Holmes encolheu os ombros mostrando que estava preparado para ouvir, embora com relutância.

Os três estudantes

– Então sente-se, senhor Soames, e tente se acalmar.

Soames empoleirou-se na beirada da cadeira, pouco à vontade. Em seguida, com palavras apressadas e muitos gestos exaltados, ele começou sua história.

– Antes de mais nada, senhor Holmes, devo lhe explicar que amanhã é o primeiro dia de exame para a Bolsa de Estudos Fortescue. Eu sou um dos examinadores. Caso não se lembre, minha disciplina

Thoukydídis Athi
xynégrapse tón pól
tón Peloponnisíon
Athinaíon, osepolé
prós allílous, arxá
efthýs kathistamér
kaí elpísas mégan
ésesthaikaí axiolo

tó
Kíni
dí toí
mérei
os dé e

é o grego, e a primeira parte desse exame consiste em um grande trecho de tradução, que os candidatos desconhecem. Mas seria uma grande vantagem se o candidato pudesse prepará-la com antecedência. Por esse motivo, tomamos muito cuidado para manter o documento do exame em segredo.

Durante a narrativa de Soames, Holmes recostou-se na cadeira, os olhos fixos no vazio. Eu sabia que esse era um hábito comum quando mergulhava em seus pensamentos, e tinha certeza de que ele estava absorvendo a história do professor.

Os três estudantes

Apesar disso, era compreensível que, para Soames, a mente de Holmes parecesse estar em outro lugar. Ele olhou para Holmes e sua narrativa vacilou. Eu balancei a cabeça para encorajá-lo a continuar.

– Hoje, por volta das três horas, as provas desse exame chegaram da tipografia. O exercício proposto é traduzir meio capítulo de Tucídides, o historiador e filósofo grego. Tive que reler com atenção, pois o texto tem que estar absolutamente correto. Às 16h30, eu ainda não havia terminado a leitura. Porém, como eu tinha prometido tomar chá

Sir Arthur Conan Doyle

na sala de um amigo, deixei os papéis na minha mesa. Fiquei ausente por pouco mais de uma hora.

"O senhor sabe, senhor Holmes, que em nossa faculdade muitas salas têm portas duplas: uma leve por dentro e uma de carvalho pesado por fora. Ao retornar, quando me aproximei da porta externa da minha sala, fiquei surpreso ao ver uma chave nela. Por um instante,

Os três estudantes

imaginei que havia deixado minha própria chave na fechadura, mas, ao apalpar o bolso, descobri que a minha estava ali. A única cópia que existia, pelo que eu sabia, era a que pertencia ao meu criado Bannister: um homem que vinha cuidando de meus aposentos havia dez anos e cuja honestidade está absolutamente acima de qualquer suspeita.

"Ao questionar meu criado, descobri que a chave era mesmo dele e que Bannister entrou ali para perguntar se eu queria chá. Porém, por puro descuido, ele deixou a chave na porta ao sair. Sua visita à minha sala deve ter ocorrido poucos minutos depois de eu me ausentar. Seu esquecimento sobre a chave não teria importado em qualquer outra ocasião, mas naquele dia resultou nas mais terríveis consequências."

Pude ver que agora Holmes concentrava toda a atenção nas palavras de Soames, assim como eu, pois ambos tínhamos uma vaga ideia do que estava por vir.

– No momento em que olhei para a minha mesa – continuou Soames, olhando para Holmes –, percebi que alguém havia remexido nos papéis que eu havia recebido da tipografia;

Os três estudantes

eram três folhas.
Eu os havia deixado
todos juntos. Naquele
momento, porém,
descobri que um deles
estava caído no chão,
um estava na mesinha
lateral perto da janela
e o terceiro estava onde
eu o havia deixado.

Holmes se mexeu
pela primeira vez.

– Então a página
número um estava no
chão, a número
dois estava

Os três estudantes

perto da janela, e a número três, onde o senhor a deixou – disse ele.

– Exatamente, senhor Holmes. Estou impressionado. Como o senhor sabia que estavam nessa ordem?

Um pequeno sorriso tocou os cantos da boca de Holmes.

– Por favor, continue com seu relato muito interessante – disse ele.

– Por um instante, imaginei que Bannister tivesse olhado os papéis. Isso teria sido imperdoável. Mas ele negou com veemência, e tenho certeza de que estava falando a verdade. Sendo assim, a única hipótese que me resta é a de que alguém tenha passado por ali e notado a chave na porta. Então, sabendo que eu estava fora, decidiu entrar para olhar os papéis. Uma grande soma de dinheiro está em jogo, pois a bolsa de estudos tem um valor elevado. Uma pessoa desonesta pode muito bem estar disposta a correr o risco para ganhar vantagem sobre os outros alunos.

O rosto de Soames esmoreceu de novo e sua voz quase se tornou um sussurro. Holmes e eu acenamos com a cabeça para encorajá-lo a continuar.

Os três estudantes

Ele limpou a garganta.

– Bannister ficou muito chateado com o incidente. Ele quase desmaiou quando descobriu que haviam mexido nos papéis. Dei-lhe um copo d'água e o deixei largado em uma cadeira enquanto examinava cuidadosamente a sala. Logo vi que o intruso havia deixado outros vestígios de sua presença além dos papéis amarrotados. Sobre a mesa perto da janela havia várias lascas de um lápis recém-afiado, assim como uma ponta de grafite quebrada. Evidentemente, o patife copiou o exame com muita pressa, quebrou o lápis e foi forçado a apontá-lo novamente.

– Excelente! – exclamou Holmes, que recuperava o bom humor à medida que sua atenção se voltava mais e mais para o caso. – A sorte foi sua amiga!

– Isso não foi tudo – disse Soames. – Tenho uma escrivaninha nova com uma superfície delicada de couro vermelho. Posso jurar, e Bannister também, que era lisa e sem manchas. Agora há um corte, com cerca de sete centímetros de comprimento; não um mero arranhão, mas um corte mesmo. Além disso, encontrei na

Os três estudantes

mesa um pequeno fragmento preto ou de argila com restos de serragem, aparentemente. Estou convencido de que essas marcas foram deixadas pelo homem que vasculhou os papéis. Não havia pegadas e nenhuma outra evidência da identidade dele. Eu estava perdendo o juízo quando felizmente lembrei que o senhor estava na cidade, então vim diretamente pedir seu conselho sobre o assunto.

Ele olhou com seriedade para o meu amigo.

– Ajude-me, senhor Holmes! Sei que entende meu dilema. Devo

Sir Arthur Conan Doyle

encontrar o homem, ou então adiar o exame até que novos papéis sejam preparados. Já que isso não pode ser feito sem explicação, haverá um escândalo hediondo, que vai lançar uma nuvem de desconfiança não apenas sobre a nossa faculdade, mas sobre toda a universidade. Acima de tudo, desejo resolver a questão de maneira silenciosa e discreta.

– Terei o maior prazer em investigar o assunto e dar-lhe os conselhos que puder – disse Holmes, levantando-se e

Os três estudantes

colocando o sobretudo. – O caso não é inteiramente desinteressante. Alguém o visitou nos seus aposentos depois que o senhor recebeu a prova do tipógrafo?

– Sim. O jovem Daulat Ras, um estudante que mora na mesma ala, com acesso pela mesma escada, veio fazer algumas perguntas sobre o exame.

– Ele era um dos candidatos?

– Sim.

– E os papéis estavam na sua mesa?

Sir Arthur Conan Doyle

– Sim. Mas posso jurar que estavam enrolados.

– Ele poderia ter reconhecido a prova?

– Possivelmente.

– Ninguém mais entrou nos seus aposentos?

– Não.

– Alguém sabia que esses papéis estariam lá?

– Ninguém, exceto o tipógrafo.

– Esse homem, Bannister, sabia?

– Não. Certamente não. Ninguém sabia.

– Onde está Bannister agora?

Os três estudantes

— Ele estava passando muito mal, pobre coitado. Eu o deixei desabado na cadeira, e vim apressado até o senhor.

— O senhor deixou a porta aberta?

— Eu tranquei os papéis antes de sair.

— Então tudo se resume a isto, senhor Soames: a menos que o senhor Ras tenha reconhecido o rolo como sendo os papéis do exame, o homem que os examinou se deparou com eles por acaso, sem saber que estariam lá.

— É o que me parece.

Sir Arthur Conan Doyle

Holmes deu um sorriso misterioso.

– Bem – disse ele –, vamos para os seus aposentos, onde ocorreu o incidente. Não é um caso adequado para você, Watson. É mental, não físico.

Senti uma raiva repentina por ele me dispensar. Afinal, eu já o havia ajudado em vários casos assim antes. Posso não ter sua agilidade mental, mas ele sempre pareceu valorizar minha ajuda.

Olhei para Holmes com uma carranca no rosto e uma vontade de contestar nos meus lábios, mas vi que ele estava observando minha

Os três estudantes

reação, sorrindo de prazer com sua piada.

– Ah, tudo bem. Venha se quiser – disse ele.

Eu retribuí o sorriso e peguei meu casaco.

– Agora, senhor Soames, estamos prontos para ajudá-lo!

Capítulo três

A faculdade não ficava longe, então fomos andando. Achei que o ar fresco certamente faria bem a Holmes, depois de ter passado tantas horas trancado na biblioteca. Eu pude admirar a bela arquitetura do lugar à medida que passávamos, mas Holmes tinha outras coisas em mente e caminhava com a cabeça baixa.

Já era crepúsculo quando entramos no velho pátio coberto de musgo da antiga faculdade. Os aposentos do nosso cliente ficavam no térreo, com uma janela de treliça voltada para o pátio. Acima ficavam três dormitórios de alunos, um em cada andar.

Holmes se aproximou da janela

Sir Arthur Conan Doyle

de Soames e, na ponta dos pés com o pescoço esticado, olhou para a sala.

– Ele deve ter entrado pela porta. Não há nenhuma outra abertura além dessa pequena janela – disse Soames.

– Muito bem! – disse Holmes, sorrindo de uma forma estranha e olhando para nosso companheiro. – Se não há nada para descobrir aqui, é melhor entrarmos.

Uma porta em arco gótico levava a uma escada de pedra gasta que conduzia aos dormitórios dos alunos. A porta de Soames ficava logo à

Os três estudantes

esquerda. Ele a destrancou e fez um aceno para que entrássemos na sua frente; mas, em vez disso, ficamos na entrada, enquanto Holmes insistia em examinar o tapete. Eu conhecia seus métodos, mas podia ouvir Soames logo atrás de mim, respirando em rajadas curtas de impaciência com a aparente lentidão de Holmes.

Meu amigo se levantou e suspirou.

Sir Arthur Conan Doyle

– Receio que não haja sinais aqui.
Dificilmente se poderia esperar
encontrar algum em um dia tão seco.
Seu criado parece ter se recuperado
completamente, já que ele não está
mais na sala. O senhor disse que
o deixou sentado em uma cadeira.
Qual seria?

– Aquela perto da janela, ali.

– Entendi. Perto desta mesinha.
Podem entrar agora. Terminei com o
tapete. Vamos examinar a mesinha.
Claro, o que aconteceu é muito óbvio.
O homem entrou na sala e pegou
os papéis, folha por folha, da mesa

Os três estudantes

de centro. Depois os carregou para a mesa da janela, senhor Soames, porque de lá ele poderia vê-lo cruzar o pátio, e assim escapar a tempo.

– Na verdade, ele não poderia – disse Soames –, pois entrei pela porta lateral.

– Ah, isso é ótimo! De qualquer maneira, foi o que ele pensou. Deixe-me ver as três páginas. Sem impressões digitais...

Bem, ele pegou esta folha primeiro e a copiou. Quanto tempo ele levaria para fazer esse serviço, usando todas as abreviações possíveis? Quinze minutos; não menos que isso. Então ele a jogou no chão e agarrou a próxima. Estava no meio da tarefa quando seu retorno o fez fugir apressado, muito apressado, pois sequer teve tempo de colocar os papéis no lugar, o que indicaria que alguém esteve aqui. O senhor não percebeu nenhum passo apressado nas escadas quando entrou pela porta externa?

Os três estudantes

– Não, não percebi.

– Bem, ele escreveu tão furiosamente que quebrou o lápis e teve que apontá-lo de novo, como pode ver – disse Holmes. Em seguida, olhou para mim. – Isso é interessante, Watson. O lápis não era comum. Era maior do que o tamanho normal, com um grafite muito macio. A cor externa do lápis era azul-escura, e levava o nome do fabricante em letras prateadas; o lápis está com três ou quatro centímetros de comprimento. Procure esse lápis,

Sir Arthur Conan Doyle

senhor Soames, e terá o seu homem. Acrescento ainda que ele usou uma faca muito longa e cega para apontar o lápis, o que lhe dá uma pista extra.

O senhor Soames ficou um tanto surpreso com a enxurrada de informações. Ele olhou para Holmes por alguns minutos e disse:

– Eu consigo acompanhar quase todos os pontos do seu raciocínio, exceto a questão do comprimento do lápis...

Holmes segurou uma pequena lasca com as letras NN e um espaço de madeira depois delas.

Os três estudantes

– Vê?

– Não, eu continuo sem entender...

Holmes suspirou, tentando não mostrar sua impaciência. Achei que Soames tinha sido sábio em deixar tudo como estava, incluindo as lascas de lápis. Ele era um homem de intelecto, ainda assim poucas pessoas tinham sido abençoadas com os argutos poderes dedutivos de Holmes. Não era fácil dar os saltos lógicos que vinham naturalmente à mente do meu amigo detetive.

Holmes se virou para mim mais uma vez.

Sir Arthur Conan Doyle

— Watson, o que você acha que esse NN poderia ser?

Eu estava prestes a abrir a boca para responder quando Holmes continuou:

— Fica no final de uma palavra. Você sabe que Johann Faber é o nome de fabricante de lápis mais comum? Não vê que o que sobrou do

Os três estudantes

lápis é exatamente a parte em que não está impresso o nome "Johann"?

Eu tive que concordar que Holmes estava certo.

Então, ele segurou a mesa de lado contra a luz elétrica.

— Eu esperava que o papel em que ele escreveu fosse fino e que alguns traços pudessem aparecer nesta superfície polida. Mas não vejo nada. Acho que não há mais o que descobrir aqui. Agora, vamos examinar a mesa central. Este fragmento é, eu presumo, a massa preta e pastosa de

Sir Arthur Conan Doyle

que o senhor falou. Vejo que tem forma de pirâmide e é oco. Como o senhor disse, parece haver grãos de serragem nele. Nossa, isso é muito interessante. E aqui está o corte… Começa com um risco fino e termina em um buraco irregular. Agradeço-lhe por chamar a minha atenção para este detalhe, senhor Soames. Para onde essa porta leva?

– Para o meu quarto.

– O senhor esteve nele após o ocorrido?

– Não. Eu fui procurar o senhor imediatamente.

Os três estudantes

– Eu gostaria de dar uma olhada –
disse Homes caminhando em direção
ao cômodo em questão e parando
na porta. – Que quarto charmoso
e antiquado!

Mais uma vez, Soames fez menção
de segui-lo, mas foi interrompido
pela mão estendida de Holmes.

– Talvez o senhor queira esperar
um minuto até que eu examine o chão.
Não, não vejo nada... E esta cortina?
– disse Holmes indo até ela. – Vejo
que o senhor pendura suas roupas
atrás dela. Se alguém foi forçado a se
esconder neste quarto, deveria fazê-lo

Sir Arthur Conan Doyle

aqui, já que a cama é muito baixa e o guarda-roupa, bem estreito. Não há ninguém aqui atrás, suponho?!

Eu estava ao lado de Holmes quando ele estendeu a mão para a cortina. Na hora, vi seu corpo enrijecer e eu percebi uma expressão de alerta repentino em seus olhos, mostrando que estava preparado para uma emergência.

Ele agarrou a cortina e, com um movimento rápido, puxou-a para trás. Soames e eu pulamos um pouco, sem saber o que ou quem esperar. Porém, a cortina aberta não mostrava

Os três estudantes

nada além de três ou quatro conjuntos de roupas pendurados em uma fileira de ganchos. Suspirei de alívio, e meu coração voltou ao ritmo normal. Eu podia ver a dúvida na mente de Soames, mas ele foi sábio em não a pronunciar.

Holmes se virou e de repente se abaixou no chão.

– Ora, ora, o que é isso? – questionou ele.

Era uma pequena pirâmide de algo semelhante a massa ou argila, exatamente como a que estava na mesa do

Sir Arthur Conan Doyle

professor. Holmes a colocou na palma da mão sob o brilho da luz elétrica.

— Parece que seu visitante deixou vestígios em seu quarto, bem como em sua sala de estar, senhor Soames.

— O que ele poderia querer aqui?

— É simples. O senhor voltou de uma maneira inesperada, e ele não percebeu até que o senhor já estivesse na porta. O que poderia fazer? Ele pegou tudo que o denunciasse e correu para o quarto para se esconder.

— Meu Deus, senhor Holmes! Quer dizer que o tempo todo em que eu estava conversando com Bannister

Os três estudantes

na sala de estar, tínhamos o culpado
e não sabíamos disso?

– É o que tudo indica.

– Certamente há outra
possibilidade, senhor Holmes.
Não sei se o senhor
notou a janela do
meu quarto.

– Estrutura
de chumbo, com
treliça, três vidros
separados, e grande
o suficiente para
permitir a entrada
de um homem.

Sir Arthur Conan Doyle

Sorri com sua descrição precisa e detalhada. Embora o olho altamente desenvolvido e atento aos detalhes lhe permitisse resolver crimes, havia momentos em que Holmes apenas gostava de impressionar seu cliente.

– Exato – disse Soames. – E fica em um ângulo do pátio que a torna parcialmente invisível. O homem poderia ter entrado aqui, deixado rastros ao passar pelo quarto e, por fim, encontrando a porta aberta, escapado por ali.

Holmes balançou a cabeça com impaciência.

Os três estudantes

— Vamos ser práticos – disse ele.
– O senhor mencionou que há três alunos que usam a escada e têm o hábito de passar pela sua porta.

— Isso mesmo.

— E todos eles vão fazer esse exame?

— Sim.

— O senhor tem algum motivo para suspeitar de um deles mais do que dos outros?

Soames hesitou.

— É uma questão muito delicada – respondeu. – Não é do meu feitio lançar suspeitas quando não há provas.

Sir Arthur Conan Doyle

– Vamos ouvir as suspeitas – disse Holmes. – Eu cuidarei das provas.

– Vou falar para o senhor, em poucas palavras, a personalidade dos três homens que vivem nesses dormitórios.

Holmes acenou com a cabeça.

– O que mora no andar inferior é Gilchrist, um excelente estudante e atleta. Ele joga no time de rúgbi e de críquete da faculdade. Além disso, recebeu várias medalhas por suas performances excepcionais

Os três estudantes

em obstáculos e salto em distância.
É um sujeito bom e viril. Seu pai
era o notório sir Jabez Gilchrist,
que perdeu todo o seu dinheiro nas
corridas de cavalos. Meu aluno,
portanto, ficou muito pobre, mas é
esforçado e trabalhador. Ele se sairá
bem na prova.

"No segundo andar está Daulat
Ras, um homem indiano. Ele é
do tipo quieto e misterioso. Seu
desempenho está
de acordo com
o padrão,
embora o
grego seja seu

ponto fraco. No entanto, ele é estável e metódico."

Holmes acenou com a cabeça novamente, e esperamos para ouvir sobre o terceiro aluno.

– O quarto do andar de cima pertence a Miles McLaren – continuou Soames. – Ele é um sujeito brilhante, quando resolve se dedicar. É um dos alunos mais brilhantes e promissores da universidade. Infelizmente, ele desperdiça seu tempo e também seus talentos. É rebelde e só

Os três estudantes

se preocupa consigo mesmo. Quase foi expulso em seu primeiro ano por trapacear nas cartas. Ele andou negligenciando todo este período letivo, então deve estar com medo do exame.

– Então é dele que o senhor suspeita? – disse Holmes.

– Não diria isso. Mas dos três ele é talvez o mais provável.

– De fato. Agora, senhor Soames, deixe-me falar com seu criado, Bannister.

Capítulo quatro

Voltamos para o escritório e Soames tocou a sineta. Logo após uma leve batida na porta, um homem entrou. Ele era um sujeitinho de rosto branco, bem barbeado e de cabelos grisalhos. Aparentava

Os três estudantes

ter em torno de cinquenta anos. Seu rosto rechonchudo estava se contorcendo de nervosismo, e seus dedos não conseguiam ficar parados. Evidentemente, ele ainda estava sofrendo com a súbita perturbação da rotina tranquila de sua vida.

— Estamos investigando essa situação infeliz, Bannister — disse Soames.

— Sim, senhor.

— Pelo que entendi — disse Holmes —, o senhor deixou sua chave na porta?

— Sim, senhor — respondeu ele, virando-se para Holmes, mas sem

Sir Arthur Conan Doyle

olhar em seus olhos. Suas pálpebras também refletiam seu nervosismo e tremiam descontroladamente.

– Não foi muita coincidência que o senhor tenha feito isso no mesmo dia em que esses papéis importantes estavam aqui dentro?

– Foi lamentável, senhor, mas eu já tinha feito isso em outras ocasiões.

– Em que horário o senhor entrou nos aposentos?

– Por volta de 16h30. Essa é a hora do chá do senhor Soames.

– Quanto tempo ficou?

Os três estudantes

– Quando vi que ele não estava lá, fui embora imediatamente.

– Chegou a ver esses papéis sobre a mesa?

– Não, senhor.

– Como foi que deixou a chave na porta?

– Eu estava com a bandeja de chá na mão. Pensei em voltar para pegar a chave, mas esqueci.

– Então o aposento ficou aberto o tempo todo?

– Sim, senhor.

– Quer dizer então que alguém na sala poderia sair?

Sir Arthur Conan Doyle

— Sim.

— Quando o senhor Soames voltou e o chamou, parece que o senhor ficou bem perturbado.

— Sim, fiquei. Isso nunca aconteceu durante os muitos anos em que estive aqui. Quase desmaiei, senhor.

— É o que fiquei sabendo. Onde estava quando começou a se sentir mal?

— Onde eu estava? Ora, aqui perto da porta.

— Isso é estranho, pois o senhor se sentou naquela cadeira ali no canto. Por que passou por essas outras cadeiras?

Os três estudantes

– Não sei, senhor. Não importava para mim onde eu ia me sentar.

Soames se mexeu e pude ver que ele sentia pena do desconforto de seu funcionário.

– Eu realmente não acho que ele saiba muito a respeito disso tudo,

senhor Holmes – disse Soames. – O pobre ficou com uma aparência péssima.

Holmes ignorou a interrupção e se dirigiu a Bannister.

– O senhor ficou aqui quando o professor saiu?

– Apenas por um ou dois minutos. Então eu tranquei a porta e fui para o meu quarto.

– Qual é a sua suspeita?

– Oh, eu não gostaria de dizer, senhor. Não acredito que haja algum cavalheiro nesta universidade capaz de trapacear dessa forma. Não, senhor, eu não acredito.

Os três estudantes

– Obrigado, já basta – disse
Holmes. – Oh, mais uma coisa.
Mencionou sobre o ocorrido a algum
dos três cavalheiros que ficam deste
lado do edifício?

– Não, senhor. Nenhuma palavra.

– Não viu nenhum deles?

– Não, senhor.

– Muito bem. – Holmes voltou-se
para o professor. – Agora, senhor
Soames, vamos dar um passeio pelo
pátio, por favor.

Bannister e nós três saímos.
Três quadrados amarelos de luz
brilhavam acima de nós na escuridão
que se aproximava.

Sir Arthur Conan Doyle

– Os três pássaros estão todos em seus ninhos – disse Holmes, olhando para cima. – Veja só, um deles parece inquieto.

Era o estudante do segundo andar cuja silhueta escura apareceu de repente contra a cortina da janela. Ele estava andando apressado de um lado para o outro em seu dormitório.

– Eu gostaria de ver cada um deles – disse Holmes. – Seria possível?

– Certamente – respondeu Soames. – Este conjunto de dormitórios é o mais antigo da faculdade e não é incomum que os visitantes venham vê-los. Eu vou lhe mostrar pessoalmente.

Capítulo cinco

Voltamos para dentro e subimos um lance de escada.

– Sem nomes, por favor – disse Holmes, enquanto batíamos na porta de Gilchrist.

Um jovem alto, loiro e magro nos atendeu e deu as boas-vindas. Ele aceitou que nosso motivo para a visita era, como de costume, estudar

Os três estudantes

as peças realmente curiosas de arquitetura medieval no dormitório. Holmes pareceu ficar tão encantado com uma delas que insistiu em desenhá-la em seu caderno. Enquanto fazia isso, ele quebrou o lápis e teve que pedir um emprestado a Gilchrist, além de uma faca para afiá-lo.

Sir Arthur Conan Doyle

Eu podia adivinhar o que ele estava tramando e minha suspeita foi confirmada quando o mesmo incidente curioso ocorreu no quarto de Daulat Ras. Este era pequeno em estatura e bastante silencioso. Ele olhou para nós com desconfiança e depois com alegria, quando os estudos de arquitetura de Holmes chegaram ao fim.

Somente na terceira visita nossa armadilha

Os três estudantes

não funcionou. Na verdade, não fomos atendidos. A porta não se abriu às nossas batidas, que foram respondidas por uma torrente de palavrões.

— Não me interessa quem está aí. Você não vai entrar! — rugiu a voz zangada. — Amanhã tenho exame e não serei perturbado por ninguém.

— Sujeito rude — disse Soames, corando de raiva enquanto descíamos as escadas. — Claro, ele não sabia que era eu quem estava batendo, mas mesmo assim sua conduta foi muito indelicada e,

Sir Arthur Conan Doyle

de fato, dadas as circunstâncias, bastante suspeita.

A pergunta feita por Holmes em seguida foi curiosa.

– Pode me dizer a altura exata dele?

– Não sei dizer, senhor Holmes. Ele é mais alto do que Ras, mas não tão alto quanto Gilchrist. Suponho que tenha um metro e setenta.

– Isso é muito importante – disse Holmes. – Bem, senhor Soames, desejo-lhe boa noite.

Soames gritou alto de espanto e consternação.

Os três estudantes

– Meu Deus, senhor Holmes, decerto não vai me deixar dessa maneira abrupta! Compreenda a minha situação! Amanhã é o exame. Devo tomar alguma atitude definitiva esta noite. Não posso permitir que o exame seja realizado se um dos papéis foi interceptado. Precisamos fazer algo a respeito…

Sir Arthur Conan Doyle

– Senhor Soames! – disse Holmes abruptamente, interrompendo-o no meio da frase. – O senhor deve deixar tudo como está. Passarei por aqui amanhã de manhã para conversar sobre o assunto. É possível que eu o oriente sobre como prosseguir. Enquanto isso, o senhor não deve fazer nada... Absolutamente nada.

– Muito bem, senhor Holmes – disse Soames, resignado. A expressão preocupada reapareceu em seu rosto abatido.

– O senhor pode ficar tranquilo. Decerto encontraremos uma saída para suas dificuldades. Vou levar a argila preta comigo e também as lascas de lápis. Adeus.

Quando saímos na escuridão do pátio da faculdade,

Sir Arthur Conan Doyle

olhamos novamente para as janelas. Daulat Ras ainda andava de um lado para o outro em seu quarto. Os outros não estavam visíveis.

– Bem, Watson, o que acha disso? – Holmes perguntou, quando alcançamos a rua principal. – Um pequeno jogo, uma espécie de truque de três cartas, não é? Existem três homens. Deve ser um deles. Qual você escolheria?

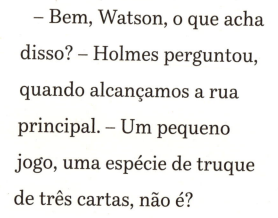

– O sujeito desbocado no topo – eu disse. – Ele é quem tem o pior

Os três estudantes

histórico. No entanto, o indiano também é um sujeito curioso. Por que ele ficaria andando de um lado para o outro no quarto o tempo todo?

– Muito compreensível. Ele vai fazer um exame amanhã. A maioria dos homens caminha quando está decorando alguma coisa.

– Mas ele olhou para nós de um jeito estranho.

– Você faria o mesmo se um bando de estranhos aparecesse às vésperas de um exame, e cada minuto tivesse importância. Não, não vejo nada de mais nisso. Lápis e

Sir Arthur Conan Doyle

facas também: tudo em ordem. Mas aquele sujeito me intriga.

– Quem?

– Ora, Bannister, o criado. Qual é o jogo dele?

– A impressão que ele me deu foi de ser um sujeito totalmente honesto.

– A mim também. Essa é a parte intrigante. Por que um homem totalmente honesto… Ora, ora, aqui está uma grande papelaria. Vamos começar nossa pesquisa aqui.

Havia apenas quatro papelarias notáveis na cidade e, em cada uma delas, Holmes pegou suas

Os três estudantes

lascas de lápis e perguntou se vendiam ali outros semelhantes. Todos disseram que podiam encomendar, mas que era um lápis de tamanho incomum, por isso raramente os mantinham em estoque.

Eu esperava que Holmes ficasse decepcionado com seu fracasso, pois encontrar um lápis semelhante em uma das lojas poderia ter levado à descoberta do dono do original, mas ele apenas encolheu os ombros com resignação e bom humor.

Sir Arthur Conan Doyle

– Não deu em nada, meu caro Watson. A melhor e única pista definitiva não deu em nada. Será difícil construir um caso suficiente sem ela. Céus! Meu caro, são quase nove horas da noite e a senhoria mencionou que um jantar saboroso seria servido às sete e meia. Você é um péssimo hóspede, Watson. Com a sua falta de pontualidade nas refeições, imagino que em breve vá ser convidado a se retirar. E eu também.

Mais uma vez, eu estava prestes a reagir à injustiça, mas ele olhou para mim com aquele brilho nos olhos, e eu sorri com sua provocação gentil.

Os três estudantes

– No entanto – continuou ele –, não antes de resolvermos o problema do tutor nervoso, do criado descuidado e dos três alunos.

Longe de nos expulsar, nossa senhoria havia guardado um pouco do jantar para nós, sem sequer um murmúrio de reclamação – tal era o efeito que Holmes às vezes exercia nas pessoas. O caso em questão não foi mencionado novamente naquela noite, embora Holmes tenha ficado perdido em pensamentos por um longo tempo depois de nossa refeição.

Capítulo seis

Às oito da manhã, meu amigo entrou no meu quarto assim que eu havia acabado de me vestir.

– Bem, Watson – disse ele –, é hora de irmos para St. Luke's. Você pode ficar sem café da manhã?

– Certamente.

– Soames estará em uma inquietação terrível até que possamos dizer a ele algo positivo.

Os três estudantes

— Você tem algo de positivo para relatar?

— Imagino que sim.

— Você chegou a alguma conclusão?

— Cheguei, meu caro Watson; eu resolvi o mistério.

— Mas quais novas evidências você tem?

— Aha! Não foi à toa que me levantei da cama às seis horas. Já trabalhei arduamente por duas horas e percorri pelo menos oito quilômetros. Mas o esforço trouxe resultado. Veja só isso!

Ele estendeu a mão. Em sua palma havia três pequenas pirâmides de argila preta e pastosa.

Sir Arthur Conan Doyle

– Ora, Holmes, você só tinha duas ontem!

– E consegui mais uma esta manhã. É razoável supor que, de onde quer que tenha vindo a número três, é também a fonte das de número um e dois. Então, Watson? Bem, venha e vamos tranquilizar o pobre Soames.

Coloquei meu sobretudo e chapéu e segui Holmes para fora do prédio em direção ao colégio. Quando chegamos aos aposentos de Soames, o encontramos em um

Os três estudantes

estado de lamentável agitação. Ele mal conseguia ficar parado e correu em direção a Holmes com as mãos estendidas ansiosamente e o rosto perturbado.

Eu conseguia entender como o professor deveria estar se sentindo. Em poucas horas o exame começaria, e ele ainda estava em um dilema entre tornar os fatos públicos e cancelar o exame ou permitir que o culpado competisse pela valiosa bolsa de estudos com uma vantagem injusta sobre outros estudantes. Qualquer uma das opções resultaria em má publicidade para ele e para a faculdade.

Sir Arthur Conan Doyle

Holmes estava perfeitamente sereno, entretanto. Ele tinha uma confiança inabalável em sua própria capacidade de resolver o mistério e esperava que os outros a tivessem também.

– Graças a Deus o senhor veio! Temi que tivesse desistido. O que eu devo fazer? O exame deve prosseguir?

– Sim. Deixe que prossiga, com toda certeza – Holmes disse com tranquilidade.

– Mas e o trapaceiro…?

– Ele não competirá.

– O senhor sabe quem está por trás disso?

Os três estudantes

– Acho que sim.

Soames relaxou visivelmente, e as linhas de preocupação em seu rosto suavizaram. Ele deu um profundo suspiro e olhou seriamente para Holmes, aguardando a resposta.

Holmes continuou:

– Para que este caso não se torne público, devemos nos dar certos poderes e criar um pequeno júri privado. Sente-se aí, por favor, Soames! Watson, você aqui! Eu vou ficar com a poltrona do meio. Acho que agora fazemos uma figura imponente o bastante para causar

Sir Arthur Conan Doyle

terror em um coração culpado. Por favor, toque a sineta!

Um momento depois de ser chamado, Bannister entrou e se encolheu, surpreso, com nossa pose de aparência formal.

– Por favor, feche a porta – disse Holmes. – Agora, Bannister, pode nos contar a verdade sobre o incidente de ontem?

Os três estudantes

O homem ficou branco até a raiz dos cabelos. Ele alcançou a maçaneta da porta com a mão trêmula, fechando-a com um pouco mais de força do que o necessário. Quando se voltou para Holmes, ainda não conseguia olhá-lo nos olhos.

– Eu já contei tudo, senhor. – Sua voz era quase um sussurro.

– Nada para acrescentar?

– Absolutamente nada, senhor.

– Bem, então devo apontar algumas teorias. Quando se sentou naquela cadeira ontem, o senhor não o fez para esconder algum

Sir Arthur Conan Doyle

objeto que pudesse denunciar quem tinha entrado na sala?

O rosto de Bannister estava mortalmente pálido.

— Não, senhor. Certamente não.

— É apenas uma teoria – disse Holmes, de modo brando. – Eu francamente admito que não sou capaz de prová-la. Mas parece bastante provável que, assim

Os três estudantes

que o senhor Soames virou as costas, o senhor libertou o homem que estava escondido naquele quarto.

Bannister lambeu os lábios ressecados.

– Não havia nenhum homem, senhor.

– Ah, que pena, Bannister. Até agora achei que estava falando a verdade, mas acabo de perceber que mentiu.

O rosto do homem se assentou em uma expressão desafiadora e taciturna. Pude ver que ele sabia que tinha sido descoberto, mas não estava disposto a admitir.

Sir Arthur Conan Doyle

– Não havia nenhum homem, senhor.

– Ora, ora, Bannister!

– Não, senhor, não havia ninguém.

– Nesse caso – disse Holmes –, o senhor não pode nos dar mais informações. Poderia, por favor, permanecer na sala? Fique ali perto da porta do quarto. Pois bem, Soames, poderia fazer a gentileza de subir ao dormitório do jovem Gilchrist e pedir-lhe que desça ao seu escritório?

Um instante depois, o tutor voltou, trazendo o aluno com

Os três estudantes

ele. O rapaz tinha uma figura elegante – era alto, esbelto e ágil, com andar marcante e um rosto agradável e franco. Seus preocupados olhos azuis observaram cada um de nós e finalmente pousaram, com uma expressão de total consternação, em Bannister, que estava em um canto distante da sala.

Sir Arthur Conan Doyle

– Pode fechar a porta – disse Holmes. – Muito bem, senhor Gilchrist, estamos todos sozinhos aqui e ninguém precisa saber uma palavra do que se passa entre nós. Podemos ser totalmente francos um com o outro. Queremos saber como um homem honrado como o senhor veio a cometer uma ação como a de ontem.

O infeliz jovem cambaleou para trás e lançou um olhar cheio de horror e reprovação para Bannister.

– Não, não, senhor Gilchrist. Eu nunca disse uma palavra... Nem uma palavra! – exclamou Bannister.

Os três estudantes

– Não, mas acabou de dizer – disse Holmes. – Agora, senhor, veja que depois das palavras de Bannister sua posição é desesperadora, e que sua única saída é fazer uma confissão honesta.

Capítulo sete

Por um momento, Gilchrist, com a mão levantada, tentou esconder as muitas expressões que contorciam seu rosto. Depois, ele se ajoelhou ao lado da mesa e, enterrando o rosto nas mãos,

Os três estudantes

explodiu em uma tempestade de soluços sentidos.

– Muito bem, muito bem – disse Holmes gentilmente –, é humano cometer erros, e pelo menos ninguém pode acusá-lo de ser um criminoso insensível. Talvez seja mais fácil se eu contar ao senhor Soames o que aconteceu, e você pode me corrigir onde eu estiver errado. De acordo? Bem, bem, não se incomode em responder. Ouça e veja que eu não faço nenhuma injustiça.

Holmes inclinou-se para a frente na cadeira e virou-se para Soames.

Sir Arthur Conan Doyle

– Senhor Soames, a partir do momento em que o senhor me disse que ninguém, nem mesmo Bannister, poderia saber que os papéis estavam em seu quarto, o caso começou a tomar uma forma definitiva na minha mente. Em relação ao tipógrafo, nós poderíamos, é claro, dispensar. Ele poderia examinar os papéis em sua própria oficina, então por que invadir seus aposentos? Também descartei o estudante indiano. Se os papéis estavam em um tubo, ele não poderia saber o que eram. Por outro lado, parecia uma

Os três estudantes

coincidência impensável que um homem se atrevesse a entrar na sala e que, por acaso, nesse mesmo dia os papéis estivessem sobre a mesa. Isso eu descartei. O homem que entrou sabia que os papéis estavam aqui. Como ele sabia?

Houve silêncio absoluto na sala, exceto pelo tamborilar da chuva na janela, enquanto a pergunta pairava no ar.

– Quando nos aproximamos do seu quarto – continuou Holmes –, examinei a janela do lado de fora. O senhor supôs que eu estava

pensando na
possibilidade de
alguém ter forçado
a passagem em
plena luz do dia,
à vista de todos
os dormitórios em
frente. Essa ideia era
absurda. Eu estava
medindo a altura
que um homem
precisaria ter para
ver quais papéis
estavam na mesa
central ao passar.

Os três estudantes

Tenho um metro e oitenta de altura e poderia enxergar, mas com esforço. Ninguém menor do que isso teria uma chance. Eu já tinha motivos para pensar que, se um de seus três alunos era um homem de altura incomum, era nesse que eu deveria ficar de olho.

"Eu entrei em seu aposento e expliquei minhas deduções sobre a mesa lateral. Não consegui apreender nada a respeito da mesa de centro até que, em sua descrição de Gilchrist, o senhor mencionou que ele era um saltador de longa

Sir Arthur Conan Doyle

distância. Então, a coisa toda fez sentido para mim em um instante, e eu só precisava de alguns itens para provar, os quais obtive rapidamente."

Holmes olhou para Soames e Gilchrist, cujos olhos estavam fixos no chão.

– O que aconteceu foi isto: esse jovem havia passado a tarde no campo de

Os três estudantes

atletismo, onde vinha praticando salto em distância. Ele voltou carregando seus sapatos para salto, que têm várias pontas afiadas nas solas. Ao passar pela sua janela, ele viu os papéis sobre a sua mesa e adivinhou o que eram. Nenhum dano teria sido feito se, ao passar diante do seu dormitório, ele não tivesse notado a chave que Bannister havia deixado na fechadura.

"Acometido por um impulso repentino, ele entrou para ver se eram de fato os papéis do exame.

Não era algo
arriscado, pois ele
poderia fingir que
tinha entrado para
tirar uma dúvida.

"Bem, quando
ele viu que eram os
papéis do exame,
acabou cedendo à
tentação. Então,
colocou os sapatos
na mesa."

Holmes se virou
de frente para
Gilchrist.

Os três estudantes

– O que foi que você colocou naquela cadeira perto da janela?

Gilchrist ainda não olhava nos olhos de nenhum de nós, especialmente nos de Holmes.

– Luvas – ele murmurou.

Holmes olhou triunfante para Bannister.

– Gilchrist colocou as luvas na cadeira e levou os papéis, folha por folha, até a janela para copiá-los. Ele pensou que o tutor voltaria

Sir Arthur Conan Doyle

pelo portão principal, de modo que fosse possível vê-lo de longe. Como sabemos, o senhor Soames entrou pelo portão lateral. De repente, Gilchrist o ouviu na porta. Não havia

Os três estudantes

como escapar. Ele esqueceu as luvas, mas agarrou os sapatos e correu para o quarto.

Holmes apontou para o arranhão no couro vermelho da mesa.

– Veja que o arranhão na mesa é leve de um lado, mas se aprofunda na direção da porta do quarto. Isso é o suficiente para nos mostrar que o sapato foi puxado naquela direção e que o culpado se refugiou ali. Uma ponta com vestígio de terra ficou sobre a mesa, e a outra se soltou e caiu no quarto. Devo acrescentar que saí para o

Sir Arthur Conan Doyle

campo de atletismo esta manhã, onde vi a argila preta pegajosa que é usada na pista de salto. Trouxe uma amostra dela, junto com um pouco da serragem fina que é usada para evitar que o atleta escorregue. Eu disse a verdade, senhor Gilchrist?

O aluno se endireitou.

– Sim, senhor, é verdade – afirmou ele.

– Céus, você não tem

Os três estudantes

nada a acrescentar? – exclamou Soames.

– Sim, professor, eu tenho. Eu lhe escrevi uma carta no meio de uma noite agitada, mas foi antes de eu saber que meu crime havia sido descoberto. Eu me senti tão culpado pelo que tinha feito que não poderia me beneficiar disso. Aqui está, senhor...

Com dedos trêmulos, Gilchrist deu uma folha de papel amassada a seu tutor. Soames a pegou e abriu-a sobre o joelho para que Holmes e eu pudéssemos ler o conteúdo.

Caro senhor Soames,

Decidi não participar do exame. Ofereceram-me uma vaga na polícia da Rodésia e estou indo para o sul da África imediatamente.

Com os melhores votos,
James Gilchrist,

Os três estudantes

Soames colocou a carta em sua mesa.

– Estou realmente satisfeito em saber que você não pretendia se beneficiar com sua vantagem injusta – disse ele. – Mas por que mudou de ideia?

Gilchrist apontou para Bannister.

– Por causa deste homem que me colocou no caminho certo – respondeu.

Capítulo oito

Bannister ficou sentado ereto durante toda a nossa entrevista com Gilchrist, mas então deu um suspiro de alívio e afundou um pouco na cadeira, como se um grande peso tivesse sido tirado de seus ombros.

– Certo, Bannister – disse Holmes, voltando-se para o criado. – Está claro para todos que, pelo que eu disse, só o senhor poderia ter

Os três estudantes

deixado esse jovem sair, já que ficou na sala e deve ter trancado a porta depois. Quanto à fuga pela janela, era improvável. Pode esclarecer esse último ponto do mistério e nos dizer o motivo de sua atitude?

– Apesar de simples, e mesmo com toda a sua inteligência, era impossível que o senhor pudesse saber. Eu costumava trabalhar como mordomo para o velho sir Jabez Gilchrist, o pai deste jovem cavalheiro. Quando ele ficou arruinado e perdeu sua fortuna, vim para esta faculdade como criado, mas nunca esqueci meu antigo empregador. Fiquei de olho

Sir Arthur Conan Doyle

em seu filho e o ajudei em tudo que pude em nome dos velhos tempos. Quando entrei nesta sala ontem, após o ocorrido, a primeira coisa que vi foram as luvas castanhas do senhor Gilchrist sobre a cadeira. Eu conhecia bem aquelas luvas e percebi que, se o senhor Soames as visse, o jovem Gilchrist estaria encrencado. Eu me joguei naquela cadeira, sem a pretensão de sair dali, então o professor Soames foi atrás do senhor. Logo veio meu pobre jovem

Os três estudantes

patrão, a quem eu havia balançado sobre os joelhos quando era bebê, e me confessou tudo. Não era natural, senhor, que eu devesse salvá-lo? Não era natural que eu tentasse falar com ele, como seu pai falecido teria feito, e fazê-lo entender que não era certo lucrar com tal trapaça? O senhor poderia me culpar?

Essa confissão me fez ser invadido por uma onda de compaixão, e tive pena do homem pela posição em que se encontrava. Bannister

Sir Arthur Conan Doyle

claramente tinha um grande senso de dever por seu empregador e pelo jovem Gilchrist, e a tortura de ter traído Soames estava claramente estampada em seu rosto. Olhei para Holmes e pensei ter detectado emoções semelhantes em seu olhar aguçado.

– Não, de fato – disse meu amigo, cordialmente, pondo-se de pé.

Eu também me levantei e peguei meu chapéu, satisfeito com o desfecho.

Holmes apertou a mão do professor.

– Bem, Soames, acho que esclarecemos seu pequeno problema.

Os três estudantes

Agora devemos cuidar de outro compromisso urgente: nosso café da manhã nos espera.

Então, ele se voltou para Gilchrist.

– Quanto a você, espero que um futuro brilhante o aguarde na Rodésia. Desta vez, você caiu em desgraça. Vejamos o que fará no futuro. Venha, Watson!

Quando saímos, Soames destrancou uma gaveta de sua mesa e tirou os papéis do exame, alisando-os sobre o tampo.

Olhei para a primeira página, mas o grego nunca foi meu forte. De longe, eu preferia o latim.

Thoukydídis Athinaíos xynégrapse tón pólemon tón Peloponnisíon kaí Athinaíon, osepolémisan prós allílous, arxámenos efthýs kathistaménou kaí elpísas mégan te ésesthaikaí axiologótaton tón progegeniménon, tekmairómenos óti akmázontés te ísan es aftónamfóteroi paraskeví tí pási kaí tó állo Ellinikón orón

...on prós
...tó mén
...é kaí
...on. Kínis
...ísti dí
...énetoka
...varvár...
...aí epí
...rópon.
...ón'kaí tá
...fós mén
...nou
...pithos adýnata ín, ek dé tekmiríon ónepí

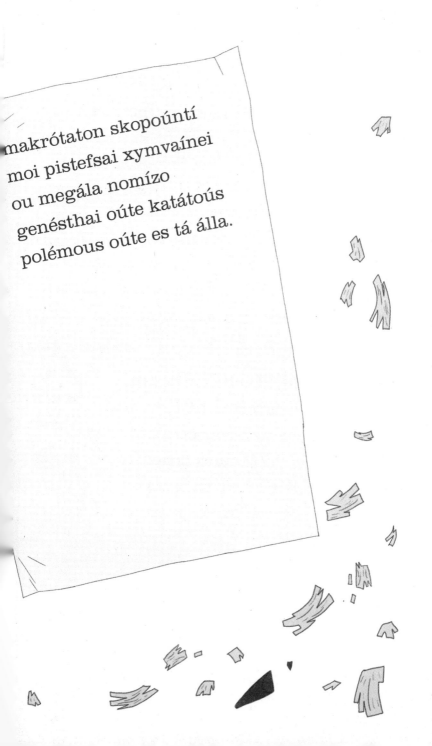

makrótaton skopoúntí
moi pistefsai xymvaínei
ou megála nomízo
genésthai oúte katátoús
polémous oúte es tá álla.

Detetive Sherlock Holmes

O detetive particular de renome mundial, Sherlock Holmes, resolveu centenas de mistérios e é o autor de estudos fascinantes como *Os primeiros mapas ingleses* e *A influência de um ofício na forma da mão*. Além disso, ele cria abelhas em seu tempo livre.

Doutor John Watson

Ferido em ação em Maiwand, o doutor John Watson deixou o exército e mudou-se para Baker Street, 221B. Lá ele ficou surpreso ao saber que seu novo amigo, Sherlock Holmes, enfrentava o perigo diário de resolver crimes, então começou a documentar as investigações dele. O doutor Watson atende em um consultório médico.